IDENTITÀ RITROVATE

RECOVERED IDENTITIES

IDENTITÀ RITROVATE

RECOVERED IDENTITIES

An Italian-English story
for all levels of language learners

Sonia Ognibene

Sonia Ognibene

Identità ritrovate - Recovered identities

Edizione italiana-inglese

ISBN - 9798424988134

Copyright © 2022

Editore: Independently published

Immagine di copertina ad uso gratuito di Татьяна Желтоухова

Ogni riferimento a persone esistenti
o a fatti realmente accaduti è puramente casuale

A chi crede nell'amore

a chi non l'ha mai incontrato

e a chi si impegna a proteggerlo ogni giorno.

Istruzioni di lettura: leggetele, mi raccomando! 8

IDENTITÀ RITROVATE 9

RECOVERED IDENTITIES 33

Prima di lasciare questo libro… 58

Istruzioni di lettura: leggetele, mi raccomando!

Cari studenti e lettori, questo libro contiene **due versioni**, una **in italiano** e una **in inglese**, ed è stata pensata per ogni livello di apprendimento:

- se siete **principianti in italiano**, prima leggete la storia **in inglese** / if you are **a beginner in Italian**, first read this story **in English**;

- se siete a un livello **intermedio**, leggete la storia **in italiano** e poi, se non capite delle frasi, date un'occhiata alla versione **in inglese**;

- se invece siete a un livello **avanzato**, allora potete leggere la storia **direttamente in italiano**;

- a voi, lettori di **madrelingua italiana**, dico di godervi la storia in italiano e, **se state imparando l'inglese**, vi invito a leggere e studiare anche la versione **in inglese**.

Buon apprendimento e buona lettura!

IDENTITÀ RITROVATE

«Che c'è per pranzo?»

È quasi un anno che Lisa me lo scodella appena sbarra gli occhi verso il soffitto.

«Minestra con formaggino e parmigiano» rilancio io, e le sue guance a plissé si stirano a malapena verso l'alto. Già so cosa sta per dire.

«Il mio piatto preferito.»

Scendo dal letto e mi stacco dalla fronte bagnata gli ultimi ciuffi rimasti. Che caldo infame. Mi incammino dal suo lato e allungo le braccia, lei allunga le sue e mi afferra le mani. E ricomincia la giostra: la porto in bagno per ricordarle cosa deve fare e soprattutto come, poi ci spostiamo in cucina dove si sbrodola inzuppando biscottini nel latte che io le scaldo e alla fine entriamo nel salotto, lei sprofonda nella poltrona e reclama il suo cellulare. Ha inizio così il TIP TIP TIP del suo dito sullo schermo per tutto il giorno, e io tornerò a essere invisibile.

Arriva il messaggio di Marco: *"Come sta la mamma?"*, *"Benissimo. Ieri sera mi ha scambiato per il suo vecchio capo e mi ha coperto di insulti"*.

Questo è quello che vorrei inviargli per rabbia o per dispetto, ma poi ripiego su un: *"Tutto bene"*, tanto è quello che si aspetta, oppure spera, per non rovinarsi la vacanza.

«Giovanotto, mi può dare una copertina? Ho freddo» mi dice.

La fisso negli occhi inutilmente, tanto i suoi sono fissi al cellulare, e io me ne resto inebetito a gambe molli, di certo non per questa richiesta da manicomio con trentotto gradi all'ombra, ma per il "giovanotto", quel suo darmi del "lei" come fossi un pupazzo qualunque spuntato in mezzo al nulla.

«Allora, giovanotto, mi ha sentito?» rincara con un tono da aristocratica della peggior specie, tra l'altro mai sentito in quarantasei anni di matrimonio.

Vado in camera e le prendo la coperta più leggera che abbiamo, gliela metto sulle gambe e mi lascio cadere nella poltrona di fronte alla sua.

Mi sento svenire e lei, con i suoi TIP TIP TIP, neanche se ne accorge.
La sto perdendo. Mi sto perdendo.
Suonano alla porta. È Giuditta, me n'ero scordato.

«Buongiorno, Giampiero! Come va?»

Risposta collaudata: «Tutto bene.»

«Sicuro? La vedo un po'… sarà il caldo.»

«Sicuramente» tiro corto io. «Senta, nel frigo ci sono pomodori, lattuga, sedano, cipolla… li faccia a pezzettini e metta tutto nell'insalatiera più grande che trova. Io esco. Ah, chiuda a chiave la porta e nasconda il mazzo in un posto sicuro.»

«La signora è scappata di nuovo?»

«No, ma…»

«Ho capito.»

Scendo le scale tenendomi al corrimano, tra zaffate di broccoli fritti e peperonata. Fuori non va meglio, il sole mi divora. Mi trascino e arrivo alla parte più alta del paese. I tigli mi danno ristoro, finalmente, e questo silenzio è un miracolo.

Ho bisogno di distendere le ossa. L'erba crocchia sotto la nuca bagnata di sudore e mi lascio andare... Lisa mi fluttua davanti, ha vent'anni, i capelli sciolti, i denti bianchi delle pubblicità. Mi fruga nei vestiti e io frugo nei suoi, ci cerchiamo con gli occhi, con la voce, negli odori. Siamo audaci, come lo si è solo a quell'età:

«Ti amo.»

«Anch'io.»

«Vuoi sposarmi?»

«Sei pazzo!»

«Di te!»

Lei mi stringe ancora più forte, mi bacia, mi toglie il respiro.

«Ma adesso devo tornare a casa!»

L'accompagno e non tocchiamo terra, tutto è vento e luce.

«A domani.»

«Al solito posto.»

Un ronzio assordante mi assale: è un calabrone e io mi ritrovo su quest'erba secca, col mio carico di rughe e ossa piegate. Per quanto tempo ho dormito? Sembrava così vero.
Dov'è finita la mia Lisa? Volata via. Quel tempo è finito, kaput, passato per sempre... lei sì, c'è ancora, ma seduta su quella maledetta poltrona, rinchiusa nel suo mondo dove io sono stato fatto fuori da troppo tempo per sopportarlo ancora. Eppure dev'esserci un modo per aprire un varco nel suo mondo.
Rotolo su un lato, faccio leva sulla spalla sinistra che mi duole meno, mi alzo e ritorno barcollando verso casa.

«Scusi per il ritardo. Le pago la mezz'ora in più» dico a Giuditta.

Lei prende i soldi con un sorriso e, prima di andarsene, mi informa che mia moglie si è spostata dalla poltrona solo per andare in bagno.
Sospiro e accompagno Lisa al tavolo in cucina. Il piglio arrogante di questa mattina è andato a farsi un giro. Mangia e si sbrodola, eppure non mi nausea.

«Ho la testa un po' pesante, mi sa che me ne vado a letto» mi dice all'improvviso, senza alzare gli occhi dagli ultimi rimasugli di minestra.

«Va bene» le rispondo.

L'aiuto a sdraiarsi, accosto le persiane e lascio aperta la porta: potrebbe chiamarmi e io potrei non sentirla.
Mi stendo anch'io, ma sul divano. Mi assorda il frinire delle cicale persino da qui, e mi piace. Vuol dire che il gelo dell'inverno è ancora lontano.

Mi sto quasi assopendo quando un avviso di notifica anima il cellulare di Lisa. Lo ignoro come sempre. Poco dopo ne arriva un altro e un altro ancora.

Ma chi è?

Afferro il cellulare e comincio a sbirciare, e più sbircio e più mi assale il disgusto.

Chi è mia moglie?

Nell'ultimo mese ha collezionato una quindicina di nuovi amici, tutti uomini e tutti sui venti-trent'anni, mette like a pagine di viaggi con piscine e tramonti, a foto con coppie mano nella mano, abbracciate davanti al mare o tra le lenzuola cosparse di petali di rose, circondate da candele. Nessuna di queste coppie ha rughe o chili in sovrappeso. Tutto è perfetto.

Un'idea mi rimbalza nel cervello. Vuole un giovane? Lo avrà. Cerco foto di qualche bellimbusto su internet, è facile, ce ne sono a migliaia. Ne scelgo una di un tizio con dei riccioli castani, gli occhi chiari e il mare alle spalle, in effetti sembro un po' io da ragazzo. Apro un nuovo account Facebook, scarico la foto e ce la sbatto su come foto del profilo. Ora tocca inventarmi un nome... uhm, sarò Luca, mi è sempre piaciuto questo nome, Luca... Donati. Mi pare che possa andare. Adesso le chiedo l'amicizia e vediamo cosa succede.

Alle cinque sento il letto scricchiolare, si è svegliata. L'aiuto ad alzarsi e ad andare in bagno.

«Merendina e cellulare» mi dice guardandomi i piedi.

Eseguo e poi attendo seduto sul letto. La trappola è tesa e Lisa sta per finirci dentro mani e piedi. Passano solo pochi secondi e lei accetta la mia richiesta di amicizia, qualche istante dopo mette un like sulla foto del profilo. Ci siamo. Vedo che mi sta lasciando anche un commento, posso sentire i suoi TIP TIP TIP anche da qui: *"chi sei dove sei"* leggo. Un anno fa Lisa non avrebbe mai scritto una frase senza maiuscola e punteggiatura.

"Sono un ragazzo di Vieste" scrivo. Lei non mi risponde. Vado a sbirciarla dalla porta del salotto e adesso dondola il busto avanti e indietro, emette un lamento stridulo, comincia a piangere. Sono mesi che non la sento piangere e mai in modo così disperato.

Corro da lei e cerco di capire cosa le stia succedendo, la incalzo, la scuoto, ma sto sbagliando tutto, perché lei urla ancora più forte e si avventa sui miei polsi con le dita ossute, urlo anch'io e sfuggo alla stretta, lei barcolla, ricade sulla poltrona, ma ha la forza per rialzarsi, va alla finestra e si sporge di sotto. L'afferro in tempo, la contengo, l'accarezzo.

«La vuoi una merendina? Dai, ti do anche il gelato! Quello che ti piace tanto: vaniglia e pistacchio. Va tutto bene. È tutto a posto.»

Restiamo così per un po' e il suo pianto diventa via via un pigolio, poi mette la testa sul mio petto e dice: «Sì, papà. Voglio anche la fragola.»

No, a questo non sono ancora pronto. Peggiora tutto troppo in fretta.

«Papà! C'è la fragola?» incalza lei.

Mi arrendo: «Non credo, ma vaniglia e pistacchio ci sono di sicuro.»

Quando le porgo la ciotola col gelato ci si butta dentro con la faccia.

«Usa il cucchiaio!» le dico, ma lei neppure mi sente. Mangia come Black da cucciolo.

Affondo anch'io il cucchiaio nel gelato, ma direttamente nel barattolo.

Ma che idea mi è venuta in testa? Che cosa credevo di ottenere creando un profilo Facebook falso? Volevo scoprire un tradimento? E se anche fosse stato così, che importanza avrebbe avuto? Che cosa sarebbe cambiato in lei, in me, in noi? Noi.

L'aiuto a darsi una sistemata e ripulisco tutto. Lisa torna sulla sua poltrona e io spero che non si ricordi più di quel Luca Donati dai riccioli castani che l'ha fatta piangere. Ma no che non se lo ricorderà.

Mi affaccio alla finestra e finalmente c'è un venticello che spazza via il magone che mi sento addosso. Vedo un bambino rincorrere un pallone e un cane che gli abbaia dal balcone di fronte. Magari si potesse fermare il tempo, ma fra poco arriverà la notte e chissà se Lisa dormirà o mi costringerà a vagare in giro per la casa alle tre del mattino alla ricerca del nulla.

A cena spilucchiamo solo qualcosa, quel gelato ci ha massacrato l'appetito. Vedo un tremolio delle sue mani più forte del solito, si dondola di nuovo con il busto e sussurra parole che non riesco a capire. Si alza di scatto e per poco non rovescia all'indietro se stessa e la sedia.

«Che c'è? Tranquilla» dico, ma Lisa non riesce a fermare le lacrime mentre gira a piccoli passi per la casa.

L'accarezzo e lei mi respinge: «Ma che cosa vuole, non mi tocchi!»

Smette di piangere dopo dieci minuti e si butta sul letto vestita, ciabattine comprese. Stranamente si addormenta, me ne accorgo dai lunghi respiri rochi.
Dio, se sei lì da qualche parte, ti prego, fai dormire anche me.
Attendo con fiducia. Niente. Mi metto in posizione fetale. Niente. Mi metto di pancia. Meno di niente. D'un tratto la quiete viene spazzata via dalla voce tremolante di Lisa:

«Ce ne andiamo al mare? Il mare... mi piace tanto il mare di notte... il rumore che fa. Lo senti? Il faro! Com'è bello... e le vedi le stelle? Brillano... sì, sarò sempre la tua stella.»

Non sta parlando a me o di me, semplicemente sogna, e io resto a rimpiangere la ragazza che era, quella che mi voleva sfidando le ire di tutti: famiglia, parrocchia e l'intero paesello di comari frustrate. Ché bisogna essere serie e timorate di Dio se vuoi maritarti con un buon partito, si sa. E lei aveva scelto me, nascondendosi, rischiando la sua reputazione. Per noi.

Mi alzo e per una volta sono io che scelgo di vagare per casa senza motivo e, nel deambulare, mi convinco che inventare Luca Donati non è stata poi un'idea così malvagia perché ha risvegliato le emozioni che la sua malattia spietata e l'età avevano messo a tacere. Perciò farò un altro esperimento, lascerò a Lisa un nuovo messaggio di Luca: *"Ciao, lo sai dove sono? A Marina Piccola, proprio di fronte al faro che accarezza il mare con la sua luce intermittente. Vedo la luna che si riflette nel mare e sembra accenderlo di mille lucine. Alzo gli occhi al cielo e le stelle sembrano lucciole lontane.*

Puoi vederle? Sai, da qui posso sentire una musica lontana che si mescola allo sciabordio delle onde. Qualcuno sta ballando da qualche parte. E tu, Lisa, vuoi ballare con me?".
Chiudo Facebook e aspetto che arrivi l'alba. Quando riapro gli occhi mi ritrovo sul divano e lei è in piedi davanti a me ma non mi guarda. Per poco non mi metto a urlare.

«Ho fame» dice.

Ha addosso almeno tre maglie sulla camicia da notte.

«Sei andata in bagno?» chiedo preoccupato.

«Certo!» risponde stupita. «Dov'è il cellulare?»

Glielo prendo all'istante e lei si accomoda in poltrona mentre mi do una mossa per preparare la colazione. La sbircio dalla cucina con gli occhi già appiccicati dal sudore. Che reazione avrà?
Vedo che tocca lo schermo un paio di volte, ecco, è arrivata su Facebook, va su Messenger, sta leggendo il mio messaggio. Sta ferma lì, immobile per non so quanto, con

gli occhi fissi sullo schermo, come se stesse leggendo e rileggendo qualcosa. Vorrei chiamarla per la colazione, ma è meglio di no. Continuo a osservarla e sorride. Lei sorride! Si porta la mano al viso e si strofina le guance. Sorride di nuovo.
Questa volta è andata bene. Il piano ha funzionato!
La chiamo per la colazione e mentre sto andando ad aiutarla, lei si dà una spinta forte con le braccia e si rialza da sola. A passetti sicuri viene a sedersi al tavolo. Inzuppa il biscotto nel latte e se lo porta alla bocca.

«Delizioso... c'è la Nutella?»

«Adesso no, ma vado a comprarla se la vuoi.»

«Sì, grazie.»

Non mi diceva grazie da... neanche me lo ricordo da quanto. Mi piace questa sua trasformazione. Se è merito di Luca Donati, continuiamo a farla sognare.
Passo tutto il giorno a inviarle immagini romantiche, stucchevoli direi, quelle che le piacciono tanto, e a scriverle messaggi. Lei lo passa a mettere like, a leggermi e rispondermi a monosillabi, o quasi.

Le pause obbligate di pranzo, merenda, cena e di soste al bagno non sono più una lotta.

«Andiamo a fare una passeggiata domani?» le dico mentre siamo a letto.

«Fare una passeggiata? Sì, una passeggiata.»

Lo so che domani si dimenticherà della mia proposta ma è stato bello chiederglielo ed è stato stupefacente sentire un sì.
Apro gli occhi all'alba e Lisa sta fissando la luce rossa che passa tra le persiane.

«Andiamo a fare una passeggiata?» le ripeto.

Con la stessa forza del giorno prima si mette seduta sul letto e si spinge in alto sulle gambe.

«Andiamo» mi dice.

«Adesso?»

«Adesso.»

Le metto su il primo vestito che trovo sulla sedia, mi infilo la maglia e andiamo giù per le scale. Non è molto coordinata, ma alla fine riusciamo a uscire dal palazzo. Fuori c'è un'aria bella frizzante. Strano, dopo tutti i giorni di calura non l'avrei detto.

«Che silenzio. È bello» mi fa. «Ma dov'è il mare?»

Vorrei ricordarle che non viviamo più a Vieste come quando eravamo ragazzi, che la mia cattedra di Italiano ci ha portati qui tra le colline, che ho difficoltà a guidare per ore per portarla al mare, ma le rispondo:

«Ora non c'è, ma se vuoi ci andiamo.»

Resta immobile a fissare la strada e i palazzi di fronte, poi si gira e torna verso casa.

«E la passeggiata?»

Lisa non risponde e aspetta che le apra il portone del palazzo. Speravo che dopo mesi volesse sentire l'aria sulla faccia, camminare sotto il viale alberato. L'avrei portata al bar del centro e le avrei ordinato un cornetto strapieno di cioccolato e un cappuccino con la schiuma "a nuvola di Heidi" (*like a fluffy cloud*), come diceva lei prima che ci capitasse tutto questo.

Sono deluso.

Lei si accascia in poltrona e ritorna al cellulare.

Poco dopo al mio profilo falso arriva una notifica: "*io sono uscita ma il mare non c'è non posso venire sono in carcere liberami*", "*Vengo a liberarti. Aspettami*" scrivo senza pensarci, "*quando*", "*Questa notte!*".

Lei ride, poi si tappa la bocca per non farsi sentire, quasi nasconde il cellulare, ma poi rilegge i messaggi e batte sullo schermo: "*questa notte ti aspetto ti aspetto*".

Ecco, ora mi è chiaro cosa devo fare e ho poco tempo.

Chiamo Giuditta e le dico: «Devo sbrigare delle faccende, è importante che venga oggi invece di domani.»

Accetta. Quando arriva, io sono già pronto per uscire, ma non prima di lasciarle delle indicazioni:

«Oggi vorrei che lavasse il pavimento nello studio. Sposti scrivania, sedia e tavolino e li metta attaccati alla parete dove sta la libreria. Insomma, mi serve la stanza completamente sgombra al centro.»

«Sarà fatto.»

Prendo la macchina perché l'ingrosso di ferramenta è distante qualche chilometro da qui e non è detto che troverò là tutto quello che mi serve, perciò dovrò girare e girare ancora fino a quando il mio progetto non prenderà corpo.

Arrivo all'ingrosso di ferramenta e mi aggiro col carrello, a poco a poco più pesante, nelle corsie ammorbate dagli olezzi tossici di vernice e plastica che mi stanno mandando a fuoco la gola. Raggiungo la cassa in apnea.

«Fate consegne a domicilio?» chiedo.

«Sì-sì, le facciamo.»

Bene, problema risolto.

«Nome?»

«Giampiero Laudadio.»

Do anche il mio indirizzo e il cassiere mi assicura che la merce mi sarà consegnata verso le due.

Mi rimetto in macchina e la cappa di caldo è diventata di nuovo insopportabile, ma non posso tornarmene a casa, devo ancora andare in un paio di posti, con la speranza di trovare qualcosa che ho visto su internet.

Quando torno a casa, Giuditta ha uno sguardo preoccupato.

«È successo qualcosa?» le chiedo.

«No, niente, è solo che la signora mi è sembrata un po' più nervosa del solito, come se aspettasse qualcuno...»

Che stupido, avrei dovuto inviarle un messaggio di Luca mentre ero fuori, penso mentre saluto Giuditta. Prendo subito il cellulare e le scrivo: *"L'amore è l'unica certezza"* e sotto pubblico l'immagine di un giovane coppia che si abbraccia in un campo di lavanda. Lisa lo legge subito ed eccola di nuovo emozionata per un uomo che non sono io.

La consegna della merce arriva puntuale e, mentre lei fa il suo pisolino, io entro nello studio e comincio a spiegare i teli di plastica sul pavimento, facendo attenzione a coprire tutta la superficie centrale. Ho le forbici per tagliare i sacchi, il tubo di gomma della lunghezza giusta e l'accendino. Non mi resta che preparare tutto e procedere. Scende la notte, è tutto pronto. Devo solo aprire il rubinetto dell'acqua, sarà ancora calda abbastanza per quello che ho in mente mentre lei è ancora sprofondata in poltrona con gli occhi fissi sullo schermo del cellulare.

"*Lisa, ti ricordi del nostro appuntamento di questa sera?*" le invio su Messenger, "*appuntamento non sono pronta*" risponde lei, allora io le ordino: "*Vai a prepararti. Sto arrivando*".

Il tempo di leggere e, con l'impeto di una guerriera, è già in piedi, si incammina verso la camera da letto e comincia a lisciarsi i capelli con le mani, prende una collana nel portagioie, ma non riesce a mettersela al collo e la butta a terra, si liscia di nuovo i capelli e si toglie la vestaglietta che porta sempre dentro casa. Rimasta in canottiera e mutande va verso l'armadio.

«Blu, il vestito blu, tutto blu, il vestito bello.»

Mi avvicino e lo stacco dalla gruccia, so che è il suo preferito. Lei mi strappa l'abito dalle dita. Trema, sorride. L'aiuto a vestirla.

«Stai bene» le dico, e penso: "Anche se non ti servirà".

Lei ritorna in salotto e si mette in piedi davanti alla finestra con il cellulare in mano.

«La luce, spegni, è fastidiosa» mi dice.

Obbedisco. Sì, al buio sarà perfetto. Invio l'ultimo messaggio: "*Lisa, sono arrivato, eccomi!*".

Lei si volta, io le vado incontro. Tende le mani, io gliele prendo tra le mie.

«Andiamo» le sussurro.

Si lascia condurre docilmente allo studio, senza dire una parola. Apro la porta e…

«Ohhh… mi hai portato al mare…»

«Diciamo che ho portato il mare da te.»

Da un cd nello stereo ascoltiamo immobili il frangersi delle onde sulla battigia e il suo ritirarsi perpetuo. Si toglie le ciabatte e immerge i piedi nella sabbia che ho sparso su tutti i teli di plastica, va verso la lampada a forma di faro che si accende in modo intermittente e non osa neanche toccarla per l'emozione, poi gira su se stessa e, indicando le lucine a led posizionate in alto per tutta la stanza, sospira:

«Le steeelle… posso vedere le stelle.»

«Manca un'ultima cosa, quella più importante: il mare.»

Lei sgrana gli occhi per l'emozione.

«Ma non puoi farti il bagno vestita.»

«Non posso, no.»

Le sfilo il vestito dalla testa, mi sfilo anch'io pantaloncino e canottiera. Traballanti entriamo nella piscina gonfiabile.

«Oh, il mare, il mare, che bello il mare!»

Agita le braccia e le gambe nell'acqua e ride, ride che mi pare un secolo da quando l'ho sentita ridere così e mi stordisce, o forse è il profumo delle candele al cocco, o peggio è il dolore di vedere Lisa così felice per un uomo che non sono io, quello che le scrive messaggi su Facebook, che le dà appuntamenti al mare.

Ma va bene, doveva andare così! Imparerò a vivere senza di lei. Quello che conta davvero è averle regalato il momento perfetto.

Faccio un lungo respiro. Mi resta un'ultima cosa da fare.

«Lisa, guardami!»

Allungo il braccio verso il tavolino e afferro quello che non si aspetterebbe mai. Lei alza la testa e finalmente, dopo tanti mesi, riesco a vedere i suoi occhi dentro ai miei. Non riesco a trattenere la commozione e piango, piango senza vergogna.

«Lisa, vuoi sposarmi?»

Le sollevo l'anulare e le infilo un anello coi brillantini a forma di cuore.

Le sue labbra socchiuse hanno un fremito e tra le rughe appare una lacrima. Mi prende la testa tra le mani, mi bacia sulla bocca e sorridendo mi dice:

«Sì... Giampiero, lo voglio.»

RECOVERED IDENTITIES
(Translation by Alice Magi)

«What's for lunch?»

It's been almost one year since Lisa started droning this every day, as soon as she opens her eyes wide towards the ceiling.

«Broth with processed cheese and parmesan» I push back, and her wrinkled cheeks barely stretch upwards. I already know what she is going to say.

«My favorite dish.»

I get out of bed and unstick some last tufts of hair from my wet forehead. It's truly ugly hot. I walk towards her side of the bed and stretch out my arms; she stretches out hers and grabs my hands. Thus the carousel starts again: I take her to the bathroom and remind her what she has to do and above all how to do it; then we move to the kitchen, where she dribbles dunking biscuits in the milk I warmed up for her; and finally we enter the living room, she sinks into the armchair and claims her cell phone. And so starts the TAP TAP TAP of her finger on the screen for the whole day, and I become invisible again.

The message by Marco comes up: *"How is mum?"*, *"Very well. Yesterday evening she mistook me for her former boss and she hailed insults at me."*

This is what I would like to send him, out of rage and spite, but then I fall back on *"Everything's alright"*, because this is what he expects, or he hopes, not to ruin his holiday.

«Excuse me boy, would you give me a blanket? I'm cold» she says.

I stare her in the eyes in vain, since she is gazing fixedly at the cell phone; then I stay there, stunned and with weak legs, of course not for this nonsensical request, since it's thirty-eight degrees in the shade, but for that "boy", for her use of the polite form as if I were a puppet shown up in the middle of nowhere.

«So, boy, did you hear me?» she piles it on using the worst aristocratic tone, that she never used before in forty-six years of marriage, by the way.

I go to the bedroom and take the lightest blanket we have, I put it over her legs and I let myself fall on the armchair facing hers.

I feel faint, but she doesn't even notice with her TAP TAP TAP.

I'm losing her. I'm losing myself.

The doorbell rings. It's Giuditta, I forgot about her.

«Good morning Giampiero! How are you?»

«All right» is my tested answer.

«Are you sure? You look like… maybe it's the hot weather.»

«Indeed» I cut it off. «Listen, in the fridge there are tomatoes, lettuce, celery, onion… cut them in slices and put them in the biggest salad bowl you can find. I go out. Ah, lock the door and hide the keys in a safe place, please.»

«Did the lady run away again?»

«She didn't, but…»

«I got it.»

I go down the steps leaning on the handrail, noting the scent of fried broccoli and *peperonata*. Outside it's not better, the sun is devouring me. I drag myself until I arrive at the highest part of the town. Lindens give me comfort at last and this silence is a miracle.

I need to loosen my bones. The grass crackles under the sweaty nape of my neck and I let myself go... Lisa is fluctuating in front of me, she is twenty, she wears her hair down, her teeth are white as in an advertisement. She rummages through my clothes, and I through hers; we search for each other with our eyes, our voice, the scent. We are brave, as you can be only at that age:

«I love you.»

«Me too.»

«Will you marry me?»

«You're fool!»

«For you!»

She holds me tighter, she kisses me, she takes my breath away.

«But now I have to go back home!»

I go with her and we don't touch the ground, everything is wind and light.

«See you tomorrow.»

«At the same place.»

A deafening buzz assaults me: it's a hornet and I find myself on this dry grass ground, with my load of wrinkles and bended bones. How long did I sleep? It seemed so real.
Where is my Lisa? She has flown away. That time is over, lost, gone for ever... yes, she is still here, but she sits on that damned armchair, shut in her world from where I have been shut out for so long I can't bear it any longer. Yet I must find an opening to her world.
I roll over one side, put pressure on my left shoulder, which aches less, I get up and stagger back home.

«Sorry, I'm late. I'll pay you the extra half an hour» I tell Giuditta.

She takes the money and smiles, then before going she informs me that my wife only moved from the armchair to go to the toilet.
I sigh and take Lisa to the kitchen table. The arrogant attitude of this morning was gone. She eats and dribbles, but it doesn't sicken me.

«My head is heavy, I think I'll go to bed» she suddenly says, without raising her eyes from the remnants of broth.

«Ok» I reply.

I help her to lie down, I partially close the shutters and leave the door open: I wouldn't hear if she called.
I lie down, too, but on the sofa. The cicadas chirping are deafening me even inside here, and I like it. It means that the freeze of winter is still far away.

I'm almost dozing off when a notification sound awakens Lisa's cell phone. I ignore it, as usual. Shortly after there's another, and another.

Who is it?

I grasp the phone and start peeking; the more I peek the more a sense of disgust strikes me.

Who is my wife?

In the last month she has collected about fifteen new friends, all men and all about twenty-thirty years old: she likes travel pages with pools and sunsets; pictures of couples holding hands, hugging in front of the sea or among rose petals scattered on bed sheet, surrounded by candles.

None of these couples have wrinkles or are overweight. Everything is perfect.

An idea spreads in my mind. Does she want a young man? She'll have one. I look for some pics of pretty boys on the Internet; it's easy, there are thousands of them. I pick one of a guy with brown curls and bright-blue eyes, the sea behind him; it looks like a young me, actually. I create a new Facebook account, download the photo and use it as a profile picture. Now I have to invent a name… um, I'll be Luca, I've always liked that name. Luca… Donati. I think it will go well. I'll send her a friend request and then see what happens.

At five o'clock I hear the bed creaking, she's awake. I help her to get up and go to the toilet.

«A snack and the cell phone» she says looking at my feet.

I carry it out, then I wait sitting on the bed. The trap was set and Lisa is going to jump in with both feet. After just few seconds she accepts my friend request, and a few moments later she likes my profile picture. This is it. I know she is typing a comment, I can hear her TAP TAP TAP even from here: "*who are you where are you*" I read. A year ago Lisa would never have written a sentence without capital letters and punctuation.

"*I am a boy from Vieste*" I write. She doesn't answer. I go and peek at her through the living room door and she is rocking back and forth, then she emits a strident lament and starts crying. I haven't heard her cry for months, and never that desperate. I run to her and try to understand what's going on; I press her, I shake her, but I'm doing it all the wrong way, because she is crying out louder and attacks my wrists with her bony fingers. I shout, too, and escape her grip; she staggers, falls back into the armchair, but she still has the strength to stand up, she moves to the window and leans out. I grab her in time, I hold her, I caress her.

«Would you like a snack? Come on, I'll give you ice cream, too. The one you like so much: vanilla and pistachio. It's all right.»

We stay like that for a while and her crying gradually becomes a whimper; then she leans her head on my chest and says: «Yes daddy. I also want strawberry ice cream.»

No, I'm not yet prepared for this. Everything is getting worse too fast.

«Daddy! Is there strawberry?» she presses on.

I give up: «I don't think so, but there is surely vanilla and pistachio.»

When I pass her the ice cream bowl she throws herself into it with her face.

«Use the spoon!» I say, but she doesn't even listen to me. She is eating like Black when he was a puppy.

I plunge the spoon in the ice cream, too, but directly in the tub.

What an idea I had? What I was thinking of getting by creating a fake Facebook profile? Did I want to find out a betrayal? And even if there was one, would it have mattered? What would it have changed for her, for me, for us? Us.

I help her clean herself and then I tidy up. Lisa goes back to the armchair and I hope she won't remember that brown-curly-haired Luca Donati who made her cry. Of course she won't.

I look out the window and there is a breeze that finally wipes away the blues I'm feeling. I see a child running after a ball and a dog barking at him from the terrace across the way. I wish I could stop the time, but the night is coming and I wonder if Lisa will sleep or will force me to meander around the house at three in the night, searching for nothing.

At dinner we just nibble some food, that ice cream ruined our appetite. I can see her hands are shaking more than usual, she is rocking back and forth again and she is whispering words I can't understand. Then she suddenly stands up and she almost knocks over the chair and falls backwards.

«What's up? Calm down» I say, but Lisa can't stop crying, while she is wandering around the house in small steps.

I caress her and she pushes me away: «What do you want? Don't touch me!»

Ten minutes later she stops crying and throws herself on the bed with her clothes on, slippers too. She unexpectedly falls asleep, I can see from her long raspy breaths. Lord, if you are there somewhere, please, let me sleep, too.
I wait confidently. Nothing. I lay in fetal position. Nothing. I lay face down. Less than nothing.
Suddenly Lisa's trembling voice breaks the quiet:

«Why don't we go to the seaside? The sea… I really love the sea at night… the noise it makes. Can you hear it? The lighthouse! How beautiful it is… and can you see the stars? They're shining… yes, I will always be your star…»

She is not talking with me or about me, she is simply dreaming; and I stay there, regretting the girl she was, the girl who wanted me and defied everybody's rage: her family, her parish and the whole hamlet of frustrated gossipy neighbors. 'Cause you must be serious and God-fearing if you want to marry a great catch. But she chose me, she hid and risked her reputation. For us.

I get up and for once it's my choice to meander around the house without reason. Walking around, I convince myself that creating Luca Donati wasn't a bad idea because he has re-awoken those emotions that this cruel disease and the age had silenced.

So I will do another experiment and I will leave Lisa a new message from Luca: *"Hi, do you know where I am? I'm in Marina Piccola, just in front of the lighthouse, which is caressing the sea with its blinking light. I can see the moon reflecting on the sea and it seems to illuminate it with thousands lights. I raise my eyes to the sky, the stars look like faraway fireflies. Can you see them? You know, from here I can hear a distant song mixing with the lapping of the waves. Someone is dancing somewhere. And you, Lisa, will you dance with me?"*

I log out of Facebook and wait for the dawn. When I open my eyes, I find myself on the sofa; she stands in front of me but she doesn't look at me. I almost cry out.

«I'm hungry» she says.

She wears at least three sweaters over the nightgown.

«Did you go to the toilet?» I ask, worried.

«Of course I did!» she answers, astonished. «Where's the cell phone?»

I bring it instantly. She sits down in the armchair, while I hurry up to make breakfast. I peek at her from the kitchen, my eyes were sticking together from the sweat.
How will she react?
I see her touching the screen a couple of times; there, she's on Facebook, she opens Messenger, she is reading

my message. She sits still, immobile, I don't know for how long, her eyes fixed on the screen, as if she is reading something again and again. I should call her for breakfast, but it's better not. I keep looking at her, she's smiling. She's smiling! She moves her hand to her face and ribs her cheeks. She smiles again.

This time it went well. The plan worked!

I call her for breakfast and while I'm going and help her, she pushes up with her arms and gets up herself. She comes in small safe steps and sits at the table. She dunks a biscuit in the milk and brings it to her mouth.

«It's delicious… is there some *Nutella*?».

«No, there's not, but I can go and buy it, if you like.»

«Yes, please.»

She hasn't been so kind with me for… I can't remember for how long. I like this transformation. If it's thanks to Luca Donati, let's keep letting her dream.

I spend the whole day sending her romantic pictures, even corny I would say, the ones she likes so much, and texting her. She spends the day liking and reading my messages and replying with monosyllables, more or less.

We don't have to fight anymore for the necessary breaks for lunch, snack, dinner and the toilet.

«How about going out for a walk tomorrow?» I ask her in bed.

«Go for a walk? Yes, a walk.»

I know that tomorrow she will forget my proposal, but it was nice to ask her, and it was amazing to hear her saying yes.

I open my eyes at dawn and Lisa is staring at the red light that comes in through the shutters.

«Let's go for a walk» I say again.

Using the same strength as the day before, she sits on the bed and pushes up on the legs.

«Let's go» she says to me.

«Now?»

«Now.»

I get her dressed with the first things I can find on the chair, I wear a sweater and we go down the stairs. She's not much coordinated, but we manage to leave the building in the end. Outside the air is crispy. It's strange, I would have never expected the coolness after all these days of hot weather.

«It's so quiet. And beautiful» she says. «But where's the sea?»

I would like to remind her that we don't live in Vieste any longer as we were young, that my job as Italian teacher brought us here among the hills, that it's difficult for me to drive hours and take her to the sea.

«It's not here now, but we can go if you like.»

She stands still, staring at the street and the buildings opposite, she turns around and goes back home.

«And what about the walk?»

Lisa doesn't answer and she just waits for me to open the door. I hoped that after all these months she would have liked to feel the air on her face, to walk under the trees. I would have taken her to the café in the city center; I would have ordered a croissant stuffed with chocolate and a cappuccino with the foam looking like a fluffy cloud, as she used to say before all this happened to us.

I'm disappointed.

She flops into the armchair and goes back to her cell phone. Soon after I get a notification on my fake profile: *"i went out but there's no sea i can't come i'm jailed free me"*, *"I'll come and free you. Wait for me"* I text without thinking, *"when"*, *"Tonight!"*.

She laughs, then covers her mouth not to make me hear; she almost hides the cell phone, but then she reads the messages again and taps on the screen: *"tonight i wait for you i wait for you"*.

There! Now it's clear to me what I have to do, and I have little time.

I call Giuditta and say to her: «I need to run some errands, it's important you come today and not tomorrow.»

She agrees. When she arrives, I'm ready to go out, but before going I give her some instructions:

«Today you should wash the floor in the study. Move the desk, the chair and the table and push them towards the bookcase wall. Really, I need the room empty in the middle».

«It'll be done».

I take the car because the hardware store is some miles away and I'm not sure to find everything I need there, so maybe I will have to look around until my project takes shape. I get to the store and walk through the shop aisles with the shopping cart, which becomes heavier and heavier; the air is corrupted by the toxic stink of paint and plastic and my throat is on fire. I get to the check-out in apnea.

«Do you do home delivery?» I ask.

«Yes, yes, we do.»

Good. Problem solved.

«Under what name?»

«Giampiero Laudadio».

I give them my address, too, and the cashier guarantees that they will deliver the goods around two o'clock in the afternoon. I get back in the car and the pall of heat is unbearable again, but I can't go home, I still have to go somewhere else: I hope to find something I saw on the Internet.

When I get home, Giuditta looks worried.

«Something happened?» I ask her.

«No, nothing. It's just the lady seems more tense than usual today, as if she is waiting for someone…»

What an idiot! I should have texted her as Luca while I was out, I think while I say Giuditta goodbye. I take the phone at once and write: "*Love is the only certainty*" and then I post a picture of a young couple hugging in a lavender field. Lisa reads it immediately and there again, she is excited for a man who is not me.

The goods are delivered on time and while she's taking a nap I go in the study and start unfolding the plastic tarp over the floor. I make sure it will cover all the central floor surface. I have scissors to cut the sacks, the rubber pipe is the right length, I've got the lighter. I just have to set up everything and go ahead.

When the night falls, everything is ready. I just need to turn on the tap, the water will still be hot enough for what I mean to do. She is still sinking into the armchair staring at the cell phone screen.

"Lisa, do you remember our date tonight?" I text her on Messenger, *"date i'm not ready"* she replies, then I type her: *"Get ready. I'm coming"*.

Just long enough to read it and she stands up, with the impetus of a warrior, she walks to the bedroom and starts to smooth her hair with her hands. She takes a necklace from the jewel box but she can't manage to put it on and throws it to the ground; she smooths her hair again and takes off the nightgown she always wears at home. She only wears undershirt and slip now, and walks towards the wardrobe.

«Blue, the blue dress, all blue, the nice dress.»

I come close and take it from the hanger. I know it's her favorite one. She snatches the dress from my hands. She's trembling, and smiling. I help her into the dress.

«You're nice» I say, thinking: "Even if you won't need this in a while".

She goes back to the living room and stands in front of the window, cell phone in hand.

«The light, turn off, it's annoying» she tells me.

I obey. Yes, it will be perfect in the dark. I send her a last message: "*Lisa, I'm here!*"

She turns and I go towards her. She stretches out her hands, I hold them in mine.

«Let's go» I whisper.

She meekly lets herself be led to the study, without saying a word. I open the door and…

«Oh… you've brought me to the sea…»

«More like I brought the sea to you.»

From a cd in the stereo we listen to the waves breaking against the foreshore and their perpetual pulling back, immobile. She takes off her slippers and dunks her feet into the sand I spread over the plastic tarp.
She walks towards the lamp shaped like a lighthouse, with a blinking light, and she doesn't dare to touch it due to the emotion; then she turns around and points at the small led lights placed at the top of the room.

She sighs: «The staaars… I can see the stars.»

«There's one more thing, the most important one: the sea.»

She opens her eyes wide for the emotion.

«But you can't bathe with your clothes on.»

«I can't, no.»

I remove her dress from her head, I take off my shorts and undershirt, too.

We stagger into the inflatable pool.

«Oh, the sea, the sea, how beautiful is the sea!»

She waves her arms and legs in the water and she laughs. She laughs and I think it's been centuries since I've heard her laughing like that, and it's stunning; or maybe it's the scent of coconut candles; or worse, it's the pain to see Lisa so happy for a man different than me, a man who writes her messages on Facebook and arranges a date her at the sea.

But it's fine, it has to be like this! I will learn to live without her. What really matters is I gifted the perfect moment to her.

I take a long breath. There's one last thing to do.

«Lisa, look at me!»

I stretch out my arm towards the table and take something she would never imagine. She raises her head and after so many months I can finally see her eyes in mine. I can't hold the emotion back and I start crying, unashamed.

«Lisa, will you marry me?»

I lift her finger and I put a heart-shaped glittered ring on it.
Her half-closed lips tremble and a tear appears among her wrinkles. She takes my head in her hands, she kisses me on the lips, then she smiles and says:

«Yes… Giampiero, I will.»

Prima di lasciare questo libro…

vi invito a consultare il mio blog <u>LEARN ITALIAN WITH SONIA</u> dove potrete trovare post sugli errori più comuni tra gli studenti; post con audio per arricchire il lessico, perfezionare la pronuncia e allenare la comprensione; giochi con i sinonimi per indovinare le parole misteriose; correzioni delle vostre frasi nei commenti; e molto altro!

Mi raccomando, scrivetemi se avete dubbi linguistici o curiosità sulla cultura italiana e, se potete e volete, lasciate una breve recensione su Amazon nella vostra lingua o in italiano, perché il mio scopo principale come insegnante e scrittrice è capire come aiutarvi nel modo migliore.

Al prossimo libro!